ババたれ土屋君

Takeshi Azuma Tsuji

東京図書出版

ババたれ土屋君

1

何をどう思ったか、彼はその汚物を手でつかみ、被っていた赤白帽子に押し込み、泣きそうな顔をして走り去った。

初夏、小学校の登校時であるから、生きいきとした草花がみずみずしい色彩と香りを放つなか、周りで多くの大人や子供たちがその異様な光景を驚きの目で見ていたのは言うまでもない。

子供のおむつ離れは凡そ生まれて二歳半で、それまで常にお尻に物を挟んでいる。親はそれを毎日世話してきたのであり、その親の自分もまた幼児のときに見られ、世話されて育ったのである。そして誰でも羞恥心が芽生える頃におむつ離れをし、人目を憚って一人で用を足すようになる。しかし、その子供、その自分、その親が用を足す姿を想像する者は誰もいない。それは正に、生き物が生きていく以上食べる事と同じで、あまりにも当たり前過ぎて、誰の気にも留まらない。

生き物である以上小便も大便もする。羞恥心のない犬猫は周囲を構わず、誰の目も憚らず堂々と用を足すが、特に、誰も気にする者もいない。人間とて食べて生きている以上、日々用を足している。心臓の鼓動、呼吸、目の瞬き、物事の認識、記憶を全く意識しないように、排泄も自然であり、恥ずかしい行為でも何でもない。

生まれてから死ぬまで、生きている以上食べることと排泄は全ての人の日々の行為であり、息をするのと何ら変わりがない。

よく、新聞、雑誌などを読みながら用を足す人もあると聞くが、その人の目は紙面の文字を追っているのであり、排泄そのものを意識している人はいないだろう。また、怒りの「クソッ」とは「糞」の事だが、これを発するとき、「糞」そのものを思って汚い言葉を口にしている人はいない。

しかし、まして小学生ならお漏らしも普通であり、大なり小なり誰でも経験しているが、その羞恥心ゆえ、ただ誰にも知られたくなく、言わないだけである。

しかし、その小学生の登校時の光景を目の当たりにした者は、一体何事が起こっているのか理解できず、本能的に一瞬異様に感じ、目を逸らすだろう。衝撃的な出来事が目、耳に飛び込んできたら、誰でも理解するまで我を忘れているのであり、その内容、度合いによっては理解できず、受け入れられず気を失う者もいる。

そして次の瞬間、その情景、その事情、その小学生の異常な姿を把握したとき、人はそれを我が身に置き換えて、深い同情の念を寄せる。しかし、小学生の心に突きささる「恥ずかしさ」はその同情が「見られた」として蔑みに変わり、パニックになったのである。

仮に、目撃者が誰一人としていなかったら、誰にも見られていないのだから、人にも言えぬ彼の恥ずかしい醜態は誰の記憶にもあるはずがなく、また、悶々と人の目を気にする必要も全く無く、彼の人生も大きく変わっていたことだろう。

そして、その衝撃的な光景を目の当たりにした人は憐憫の情を彼に抱くだろうが、自分の事ではないから、時間が経てば特に気にもしなくなり、忘れてしまうのが常である。普通の人なら、思い返せば、そんなこともあったなあ、というぐらいにしか頭に浮かばないのであり、まして、執拗に覚えている者もいない。確かに、その光景を目撃した人の記憶の抽斗に一瞬、強烈に刻印されるかも知れないが、しかし排泄はあまりにも当たり前、日常的なことであるから、記憶の片隅に沈んでしまい、日の目を見ることもない。それが尋常ではない殺人現場を目撃したのとは、全く意味、印象が違う。日常のことなど、人の記憶にすら浮かばない。

ところが、運が悪いことに、それが冬の長ズボンなら辛うじて裾から漏れ出ることも無かったかも知れないが、それが土屋君の持って生まれた運命なのか、汚物が土石流のように半ズボンの裾から溢れ出てしまった。

そして不幸にも、彼はその運命を背負う羽目に陥ってしまったのである。幼気《いたいけ》な小さな体、心に、彼の自尊心を木っ端微塵に傷めつける、その過酷な運命は、あまりにも非情である。彼の目から涙がこぼれ落ちたのも、その悲痛さを物語っている。

土屋君が人並みの普通の小学生であれば良かったのだが、幸か不幸か、彼の過敏な神経、過剰な「羞恥心」が自尊心を傷つけ、劣等感に悩まされる、彼の人生、青春を大きく左右したのは推し量られる。

恥ずかしくて、私だったら生きていけない、と思う人も少なからずいることだろう。

そして、その後、彼の姿を見た者は誰一人としていなかったのも事実である。言いかえれば、この衝撃的な事件は日常の空気の中に流されてしまい、人の記憶の片隅に埋もれていったのである。


「あれっ、土屋君」

あれから二十年後の初夏のことである。街角で彼は小学校の頃の同級生に呼び止められた。一瞬誰だか分からなかったが、その顔立ちの記憶がおぼろ気に甦ってくると、二十年前の初夏と同じ陽射し、樹木の香りと咽ぶような匂いが鼻につき、瞬く間に眩暈を覚え、封じ込めようとしてきたあの時の悪夢が顔を覗かした。

「あっ、あー、岡本君……」と土屋君は小さな声で目を落とした。岡本君が二十年前のあの現場に居合わせたかどうかは分からない、見ていたとしても不思議ではない、また少なくとも人づてに聞いているはずと思うと、土屋君は恥ずかしくて顔を上げられなかった。初夏の微風が否応なく二十年前の光景に土屋君を誘う。

「久し振りやなー、どうしてんの」と岡本君は如何にも懐かしそうに土屋君の顔を覗き込んだ。

「いやっ、あー。特には……」とたじろぐような生返事が終わらない内に岡本君は、

「久し振りやなー、どうしてたんや？……、へぇー……、もう二十年ぐらいになるかなー……」と岡本君は小学校の校庭で遊んだころに心を馳せている。

そして、目の前の土屋君に辿り着くと、

「懐かしいなー、そこの店でコーヒーでも一緒に飲まへん」と、土屋君が一番恐れていたことをさり気なく言った。勿論、土屋君の頭の中ではあの時の光景が現実の世界に引き戻されようとしているのは、その動揺からも明らかである。

あの日の朝、家を出る時、腹の具合が悪かったのだが、遅刻しそうであったから、土屋君は慌てて家を出た。途中、我慢ができずに少し漏らしたが、そのまま家に引き返せば良かったものを、未だに後悔するのであるが、遅刻を恐れて学校へ向かって

しまった。我慢できる、腹痛も治まるだろうと踏んだのである。

土屋君の心の中では、遅刻して静まり返った教室に入ったときに同級生にジロジロ見られるのが、如何にも家に引き返した理由を見透かされているようで、恥ずかしくて堪らなかったのである。

教室の同級生の視線が怖く、恥ずかしくて手を上げられず、休憩時間までの時計の針が遅々として一向に進まないのを恨めしく目で追った人も少なくなく、また、堪え切れずに漏らしてしまった経験のある人も多いと聞く。

しかし、この一時の、些細な恥ずかしさを怖れて我慢したことの代償は、土屋君にとってあまりにも計り知れないものであった。

あの時、土屋君の頭の中は真っ白で、彼自身も何をしたのか詳細に覚えていない。しかし今でも鮮明に記憶の中にあるのは、それが他人事のようで、一人の少年が白い半ズボンの下から崩れ落ちた汚物を素手で掻き集め、被っていた赤白帽子の中に押し込み、半泣きでその場から逃げるように立ち去ったことである。

まるで夢の中の出来事、或いは映画を見ているような、遠いとおい過去の記憶のようで、初夏の日差し、セミの喧しい鳴き声、新緑の木々、草花の清々しさを蔽う咽た臭い、喉はカラカラで一唾も呑み込めない、そして人の視線、それらの光景が一枚の絵として朧げな記憶になっている。そして、そこにいる主人公は土屋君ではなく、二十年前のある少年として、それはまるで他人事のような思い出として残っている。

「久し振りやな、で、今どうしてんの?」

喫茶店に入った二人は空いた席に向かい合って腰かけ、おしぼりで手を拭き、少し沈黙の後、タバコに火を点けながら再度岡本君が切り出した。

土屋君は促されるままに付いて入って行ったが、自分の意志ではなかった。声を掛けられた時、「用事があるので、ちょっと行く所があるので」と一瞬断ろうと思ったが、却って「ババたれ土屋君」、あの日の醜態を認めてしまうことにもなりかねない、もしかしたら岡本君はあの悪夢の事を知らないのかも知れない、と微かな期待が頭を横切ったこともあり、恐るおそる付いて行った。

「えーっと、もう二十年くらいになるかなー」

岡本君は小学生の頃に思いを馳せ、その心は此処になく、遥か遠くを眺めるようにタバコを吹かし、土屋君の頭越しに漂う紫煙に目を送っている。一方土屋君は俯き加減に岡本君のタバコから立ち昇る煙を見つめ、同じように二十年前のことを思い出している。このアンティークな喫茶店の空気が、二人を過去にいざなう。

そして少し間を置いて、タバコの灰を落としながら、夢から醒めたように、岡本君は不意に思い出したように言った。

「妹さん元気？」

土屋君は一瞬、岡本君の言葉を疑った。てっきり岡本君はあの日の事を想い出しているに違いない、あんな世にも醜悪な光景を忘れる筈がないと思っていたからである。

土屋君の妹は一つ違いで、活発でショートカットの髪がよく似合う、人気者であった。誰ともよく遊び健気に笑うそんな妹を見て、土屋君は羨ましくも思っていた。赤白帽に白い半袖シャツ、白の短パンに白い靴、妹が犬の散歩をしている姿が思い出される。

「えっ、まあ元気やけど……」

「今、どないしてるん？」

「今は結婚して、子供が二人いる。隣の町で中学校の先生をしてる」

「へえー、ひろ子ちゃんは可愛いかったし、頭も良かったしなー」

「うん、まあ……」

土屋君は妹のことを褒められて悪い気はしなかったが、反面、妹に対する嫉妬、劣等感を覚えた。恐らく岡本君は自分のことなど眼中にないのだろう、と思うと腹立たしさが込み上げてきたが、ここは自分の話題にならないよう聞き手に回った。また、話題が自分ではなく妹に逸れて、少し安堵の念が浮かんだのも事実である。

土屋君の合いの手に合わせて岡本君は、二十年前に通った小学校のこと、女性の担任教師のこと、机を並べた同級生のことなど知っている限りの情報を懐かし気に、得意然として話している。

一方、土屋君にとってはこの二十年の空白が埋まっていくようで興味深げに耳を傾けている。二十年前の過去の風景であるが、まるで去年のことのようで新鮮でもあった。彼の心は運命の日までの遠い記憶に遡り、懐かしさが込み上げ、少し目頭が緩んだ。それは、悪夢の前の幸せな自分の姿を思い出したからで、彼のため息からもそれが察せられる。色白ではあるが、無邪気な丸坊主の少年がアイスキャンディーを舐めている、校庭で赤白帽の同級生とキックベースボールに興じている、遠足に行った先の河原で女子生徒たちに水をかけてふざけているのは、それは他でもない、土屋君そのものであった。

土屋君は、やり直せるものなら、と大きなため息を吐き、あの頃の幸せな日々に戻りたい、とそれらの情景を深く吸い込みながら岡本君の声を聞いている。

コーヒーを啜りながら灰皿にタバコの吸い殻が重なっていくうち、岡本君の記憶が自分の話題に及ばないことに少し警戒心が緩んだ土屋君は、カップの中に揺れるコーヒーを見つめながら、土屋君なりに気になっていた同級生の消息を訊ねた。

「青沼君は今どうしてるの？　あいつ頭良かったしな、試験は何時も百点満点に近かった」

「えーっと、青沼とは、中学までは一緒やったけど、その後難しい高校に入って、有名な大学を卒業して、今はなんか訳の分からん研究をしてるらしい。弟は箸にも棒にも掛からんのに、同じ兄弟でもなんであれだけ違うのか、俺にもよう分からん、弟はなんかややこしい仕事をしてると聞いたけどな、今は刑務所にでも入ってるかも知れんな」

「へぇー、そうなんか……。上原君は？　男前の、運動が得意やった」

「えーっと、上原は、俺と仲が悪かった、そうそう、俺と中学、高校は同じ学校やったけど、大学に行ったかどうか、その後どうなったのか、聞いてないな」

「ふぅーん、そうなんか……」

「そうそう、俺らの隣のクラスやった亀山、原因は知らんのやけど、亡くなったんや」

土屋君が二十年前の教室と同級生らの懐かしい朧げな顔に想いを巡らしていると、

「ちょっと待ってな、俺トイレに行ってくるし」

と言って岡本君は冷めたコーヒーを一口飲み、タバコの火を消して席を立った。

待ちながら、遠い記憶に想いを馳せ、土屋君はその懐かしい余韻に包まれるように浸っている。

その頃の家族のこと、妹のこと、小学校のこと、担任教師、近所のおばさん、隣の神社、お地蔵さん、同級生、今から思えば狭い校庭、軋む廊下の油の臭い、始業ベルのキーンコーンカーンコーン、休み時間の嬌声、学校帰りに出くわす老犬、春夏秋冬、季節毎に変わる植え込みの草花と樹木の香り、山の上に拡がる空の色と雲、道端の名もない雑草……等々が風に流されるように入れ替わり立ち代わり、頭の中を過った。勿論、初夏のあの忌まわしい悪夢も遠いとおい昔に置き忘れたかのようで、まるで他人事のように思える。

土屋君は無意識に、次々に寄せては引く記憶の波打ち際を眺めている。それは人が夢を見ている状態にも似て、遥か遠い昔を浮遊しており、土屋君が生まれる前のことのような気もする。椅子に腰かけた、誰か見ず知らずの少年が、此方を向いて楽し気に笑っており、微かに、何か話しかけてくるのが聞こえる。

最近、話す機会があって、土屋君がある人から聞いたことがある。

『記憶が良いのも良し悪し、厄介なものである。

全ての生き物はそのもの自体がコピーであるから、個々の細胞に夫々特有の記憶が刻まれている。遺伝子とでもいうものなのだろうが、個々の細胞は自らの意思で勝手な行動を取れるはずもないから、何億年にも亘って、流されるがままにコピーを繰り返す。環境の変化に順応して生き延びたのが、弱肉強食の掟に打ち勝ったのが今の生物で、それが進化なのか、それとも退化なのかよく分からない。鉄は酸化して錆びるが、進化が退化となるのか。

また、物事を考える能力もコピーであり、それは自分の意思ではなく、記憶の抽斗も備わっているのであり、人間が創造したものでもない。仮に、「考える」ことが恣意的にできるなら、「考えない」こともできるはずである。

或る人類学者に聞いたことだが、五本指の前に六本指の動物がいたらしい、化石も発掘されている。もしそうなら、その六本指の動物が絶滅しなければ、今頃人間も十二進法で計算がもっと楽であったかも知れない。或いは逆に、五本指は六本指より物を数えるのが複雑になり、頭を使うことにより頭脳が発達し、他の動物を凌駕できたのかも知れない。また、ピアノの鍵盤、ギターの運指、和音等は五本指ならではの規律になっており、六本指ならどのような形になっていたかと考えると、興味があるところである。

視覚、聴覚、味覚、嗅覚、触覚、これら人間の感覚には興味ある特徴がある。虹は八色ではなく七色、音階は八度ではなくドレミファソラシの七度、調味料の唐辛子は六味ではなく七味唐辛子。俳句の五七五のリズムは身体で取れる。これらは理屈ではなく、人間にとって心地よいのは疑いようのない事実である。そしてその根底には五本指であるが故の規律があるのだろう。五と七の規律が調和を醸し出しているのかも知れない。仮に人間が六本指であったとしたら、この感覚世界は違ったものになっていただろう。

ある優秀な、記憶力の良い学生に「君は一度聞いたり読んだりしたことは二度と忘れないのだろう。同じことを繰り返し勉強しなくても勝手に記憶されるのだろう。無駄な時間が省けて良いな、両親に感謝しなければならないな」と訊ねると、その学生は「そうなんです、確かに一度頭に入ると忘れません。しかし、厄介なことに、嫌な記憶も忘れることができないのです。記憶の抽斗が開いたままで、それに苦しめられることがあります」と、意外な言葉が返ってきたことがあった。

また、将棋の強い人は三十八手先ぐらいを読み、名人ともなれば五十八手先ぐらいで戦っていると聞く。ある全国大会で一位になった、将棋盤を見ないで打つ学生に「君の頭は一体どのような構造になっているのか、過去の記憶を辿るのなら分からないでもないが、先を読むとはどういうことなのか？」と訊ねると学生は「色々な展開を覚えていて、駒を一つ動かすごとに次の場面が頭に浮かぶのです。そして次の展開がその次を呼び、三十八手先ぐらいまでピラミッドの裾のように拡がるのです」。またその言葉を聞いていた別の学生が「音楽のアドリブも同じようなことで、和音、コードが頭の中にあって、譜面を見なくてもリズムに乗ると、次々と別のコードが頭の中に浮かんできて、その流れに乗るような感じです」

要するに、記憶の抽斗は意図的に創出できないが、頭に浮かぶ抽斗を選択、認識することはできるらしい、それが才能とでも言うのだろう』

隣の席に客が座るのを見て、夢から覚めるようにふと我に返った土屋君は深いため息を吐いた。矢張り、あの悪夢が現実となって蘇ってくるのである。できるものなら忘れてしまいたい、消し去りたいと心から願っているにも拘わらず、記憶は止めどない波のように押し寄せてくる。

身体の五感が経験し記憶した事象は生きていく以上消え去るものではなく、記憶の抽斗の中に積み重ねられる。よって、どの抽斗が開くかがその人の性格、人格となり運命を決める。そしてそれがまた、その人の人となりとなる。或いは、開いた抽斗を閉じるのも、嫌な記憶を心の片隅に追いやることができるのもその人の性格であり、悲観的或いは楽観的な人と言われる所以である。

しかし土屋君のように悪夢に悶々とし、どうしようもなく日々葛藤している人も多いことだろう。耐えきれず、押し潰されそうになり、終には逃避に走り、それでも逃げ場所が閉ざされれば、一つ間違えば、その行き着く先は自殺となる。その人にとって生きて屈辱を味わうより、自殺の方が最善の選択となる。周りの人から見れば不幸以外の何ものでもないが、当人にとっては生き地獄より安楽、至福の天国に行くような気持ちなのかも知れない。よって、人の心の奥を安易に想像し、自分の尺度で簡単に決め付けては、その人に対して失礼である。心の奥は深く、底がない。

くよくよしないで嫌なことなど忘れたらよいではないか、と土屋君を諭したところで、それができるくらいなら、誰も苦労はしない、と返ってくるのが落ちである。

岡本君は「いやあ、お待たせ」と言ってスッキリした顔で、ハンカチで手を拭きながら戻ってきた。土屋君は「随分長かったな、大丈夫？」と迎えた。

その時、土屋君の頭に浮かんだのは「小便ではないな、お腹でもこわしたのか」という懸念であった。そしてその想念があの悪夢と重なり、土屋君が岡本君に入れ替わり、土屋君が岡本君に対して恥ずかしい気持ちになった。

食べて生きている以上生物は全て排泄する。植物とて酸素を吸収し二酸化炭素を排出する。ただ、人が他の動物と違うのは、排泄しているあられもない姿を見られたくない、想像されたくないと思う羞恥心を持ち合わせていることである。

要するに、排泄する行為自体は自然の営みであり何の違和感も覚えない、普通に呼吸するのと何ら変わらない。ところが土屋君は、その排泄行為を、自分がしている姿を想像すると、誰かに見られている、或いは想像されていると思うと、あの悪夢に重なり、恥ずかしさがじわじわと込み上げて、心を占領してしまう。

しかし、凡そ、その行為を自覚している人は皆無に等しいし、人がトイレに入ったところで誰も何も思わない、気にも留まらないのが普通である。生まれてから死ぬまで日常的に誰でもしていることを、非日常とは、特異なこととは誰も思わない。

ところが土屋君は、あの日の自分に重ねて想像し、恥じ入ってしまう。

席に戻った岡本君は、

「ところで、土屋君は今何してるの、何処に住んでるの？」と、タバコを手に取りながら訊いた。土屋君が返答を躊躇っていると岡本君は思い出したように、

「確か、転校したんだよな。何処へ移ったの？」

「あ、あー。親父の仕事の都合で急に引っ越すことになったんや」

「ふぅーん、そうなん。いつの間にか学校で顔見なくなったし、どうしたんかなとずっと思ってたんや」

岡本君が土屋君のことを思っていた、と言ったところで、岡本君が二十年間も片時も忘れず思っていたわけでもない。街で偶然出会って、当時の事を思い出したに過ぎず、もし出会わなかったら、土屋君の存在は岡本君の中で永遠に閉じ込められたままで、二度と顔を出すことも無かっただろう。

しかし土屋君は、岡本君ら同級生の視線を含め、悪夢の一件を二十年間も引き

ずって生きてきたのである。一度記憶の抽斗に刻印された映像は、他の記憶によって掻き消されない限り、頭を擡げ、入道雲のように湧いてきて、土屋君の心を占領し、苦しめる。

そして、岡本君の口から出た「転校」の言葉を聞いて、土屋君は鮮明、強烈に二十年前の光景を岡本君の眼の奥に見た。この二十年間、悪夢の抽斗を封じ込めよう、忘れようともがいてきたが、この瞬間、今までの苦労が水泡と化し、心は恥の泥沼に溺れてしまった。土屋君は岡本君の顔をまともに見ることもできず、下を向いたまま腕時計の針を追っている。重たい澱んだ空気が遅々として動かない。

土屋君は、矢張り無理なのか、とため息を吐くと観念したように、

「親父が急に転勤になったんだが、僕と妹は学校変わるの嫌、と言ったんだが、どうにもならなかったんや」

と自分に嘘を吐き、岡本君の次の言葉を待った。それはまるで証人尋問に立たされた如く、岡本君に嘘を見透かされているようで、土屋君にとっては針の筵である。苦しい言い訳は、もし岡本君があの事件を目撃していたとしたら、と思うと余計に辛いものが込み上げてくる。

岡本君に出会わなければ良かった、嘘の理由を付けてでも断っておけば良かった、と後悔したものの後の祭りである。

「ふぅーん、そうやったん。それで、何処に引っ越したの？　他府県なん？」

と岡本君は土屋君の心中も知らず、足を組み直しながら言った。しかしそれは、ただ言ったのであり、興味深げに聞くというふうでもなかった。

「ここの隣の町やけど、湖のある。小学校は二クラスで、誰かと仲良くなる前に卒業したんで、殆ど覚えてない。妹はあんなんやから、直ぐに友達ができて結構楽しくやってたみたいや。僕はこんなんやから、中学に行っても普通で、あっという間に過ぎてしまった」

土屋君がそう言うのはその通りで、そこに嘘はない。しかし転校してからの日々は、同級生と交わらず、彼らの視線を避ける、居場所のない、正に生き地獄であった。

悪夢の一件の後学校を休んだが、幸いにもすぐに夏休みに入り、取り敢えず母親の実家に逃げるように引っ越すことになった。しかし、偶々《たまたま》事情が許されて転校できたものの、引っ越しができなければ元の学校に通う以外に方途はないから、恐らくいじめに遭い押し潰されていたのは想像に難くない。同様に妹も「ババたれ土屋君の妹」と囃し立てられ学校に行けなくなってしまっていただろう。或いは自殺に追い込まれ、家庭が崩壊してもおかしくない話である。大人と違ってまだ分別のない、心の痛みを経験していない子供は残酷である。面白がって、寄って集って標的を責め立て、終には止めを刺す。

しかし幸いにも、転校後は誰も知る者はいなかったので、自分から言わない限り白い目で見られることもなかった。しかしその反面、噂で誰かに知られはしないかと逃亡者のように怯える毎日であったのも事実である。同級生と目が合うと、つい目を逸らすのは、自分の心の中を読まれているようで居ても立ってもいられないからであり、また、同級生同士が話し込んでいるのを見ると、自分のことを噂されているようで疑心暗鬼に陥る。

いっその事すべてを吐いてしまえば気が楽になったのだろうが、土屋君にそんな勇気が有ろうはずもないから、悶々とした日々を送らざるを得なかった。

振り返れば、中学生生活の三年間は何の記憶も印象もなく、一瞬に過ぎ去ってしまった。しかしその頃の一日はつらい長い一日であって、時計の針が何故こんなに遅いのかと苛立ち、一時間を三時間くらいに長く感じたのも、悪夢を拭い去ろうと闘っていたからに他ならない。

気にするな、忘れろと人は簡単に言うだろうが、気になる、忘れられないのだからどうしようもない。無限に近い記憶の抽斗の中の一つが自分の意思に全く関係なく勝手に開いてしまうので、無理やり閉じるか、他の記憶で埋め尽くすことができればよいのだが、不幸にも、人間にはそんな能力は備わっていない。自分に都合の良い楽しい、心地よい記憶ばかりを選択できれば日々幸せに過ごせて悩むこともないだろうが、それは人間ではない。ただ意識的に、悪夢をこの世界から消滅させればよいのだが、それは、死を意味する。

「高校も普通に行ったけど、その後働いてる。今の会社は三つ目で、小さな会社やけど、事務みたいなことをしている」と土屋君は訊かれもしないことを掻いつまんで話し出した。彼は小学校の話題に極力触れたくなかった。心の中には悪夢が居座っており、その場から逃げ出したい気持ちでそわそわしていたが、そうもいかないのが地獄そのものである。

そして、話題を岡本君に振り替えるため、時計をちらっと見て、時間が遅々として進まないのを感じながら、

「ところで岡本君は、どうしてたの？　今は？」

「俺は、大学を出た後今の会社に就職したんや。営業やけどな。去年結婚して、来年子供ができるんや」

と岡本君は水を得た魚のように得意気に話し、タバコの火を消した。岡本君も同じように時計の針に目を遣ったが、此方は「もう、こんな時間か」とゆっくり話したい様子が窺え、次のタバコを取り出し、指に挟んだ。そして、話題を自分に振られた岡本君は周りの誰に気を使うでもなく、目の前の土屋君の存在さえ無視するかの如く大きな「おなら」をして、自慢気に喋りだした。しかしそれが犬猫なら何も思わないだろうが、人前で「おなら」をするなど相手を馬鹿にしているのか、或いは自らを辱めているのか、恥ずかしくないのか、と土屋君は複雑な気持ちになり、無意識に「おなら」があの悪夢の記憶を引きずり出し、重なる。恥ずかしい思いをしているのは張本人の岡本君ではなく、目の前に対する土屋君の方である。

しかしその時、土屋君は岡本君の豪快な「おなら」を思い出した。

小学校の帰り道、そこに女子生徒が居ようがお構いなしに、岡本君は相撲の股割りの恰好で腰を落とし、腹に力を込めて発砲するのである。女子生徒らはそれが何の音なのか一瞬戸惑うが、すぐに察すると、互いの顔を見合わせて同意を求めるように軽蔑の眼差しに変わる。そしてその矛先が男子生徒らに向いたとき、土屋君は女子生徒の顔を見、その眼差しが土屋君を射止めた時、土屋君は自分が嘲笑されているような恥ずかしさを覚えたのである。自分はこんな下品な真似はしない、と土屋君は女子生徒に苦笑いを返したのは、自分は同類ではないと訴えるつもりであった。

岡本君の発砲音は隣の席の客にも聞こえたはずである。一瞬土屋君は横に座っている人の視線を感じたが、今のは僕ではない、と言い訳の視線を返す勇気もなかった。恥ずかしい思いをしているのは岡本君ではなく土屋君であるから、その顔色を見られると、余計に犯人は土屋君であると証明するようなものである。またそうであるから、自分が犯人と疑われている、と思い込んでしまう悪い癖が長年に亘って身に付いてしまったのである。

しかし反面、この岡本君の豪快さ、奔放さの欠片でも自分に備わっていれば、と土屋君はつくづくと思った。岡本君は何事もなかったように、全く意に介さず、自然体である。「おなら」ぐらい誰でもするではないか、我慢する方が却って不自然ではないか、一言失礼と言えば誰も気にもしないのではないか、と思うと土屋君は、自分の苦悶など実は何でもないことなのかも知れない、考え過ぎなのだろうか、と岡本君の屈託のない様子から少し勇気と元気を貰ったような気がした。

人間は生まれながら、生きていくために呼吸をし、物を食べる。そして食べた以上、排泄をするのは自然であり、また、あまりにも当たり前すぎて誰もこの行為を認識はすることがあっても、意識はしていない。その行為を一日に四度、三度、一度と繰り返しているが、殆ど無意識であるのは、それが印象、記憶に残るほど特別なことでもなく、「痒いところをかく」「あくび」「まばたき」など、その行為を認識すらしていないことが多い。

それは、生物が生きていく為に備わったコピーされた本能であり、一々個々が意識的にするものでもないし、またできるものでもない。呼吸などは生きている間は寝ても覚めても絶え間なくしており、意識的に息をしている者などいない。もし息をするのを忘れたらどうしよう、と思う人がいたとしても、そんな心配を抱く必要は全くない。まして心臓は本能的に勝手に鼓動しているのであり、自分の意志で止めることなどできない。そして、死についても同様で、それを知ってはいるものの、意識している者は自殺志願者を除いていない。尤も、死を意識して生きていける筈もなく、何れ死ぬのだから、と思うと何もする気が起こらないだろう。よって、生物は意志として生きているのではく、本能によって生かされている、と言っても過言ではない。

店の店員が空になったコーヒーカップを引き下げ、山盛りの灰皿を取り換えた。岡本君は構わず自慢話を続けたが、土屋君は追加注文を催促されているように思い、今度はホットミルクを注文した。

隣の席の客は既に居ない。土屋君は岡本君の声高な、常に笑みを浮かべた取り留めもない話を聞きながら時たま相槌を打つ。土屋君は、岡本君の話が自分の話題に及ばないことに安堵しながらも、逆に、岡本君の心中に自分が全く存在していないことに少し寂しさを覚えた。この三十二年間、「土屋君」という一人の少年に対する記憶は誰の思いにも上がらず、記憶の抽斗の底に追いやられ、浮かび上がることも無かった。

土屋君は岡本君の矢継ぎ早の記憶を上の空で聞きながら、悪夢の後の二十年間を辿っていた。逃げるように引っ越し、自分の存在を彼らの記憶から抹殺しようとしたのだから、誰の心にも浮かばないのは当然である。しかし、岡本君と出会わなかったら、土屋君の存在は永遠に忘れ去られていたのであり、偶然に出会ったことではあるが、僅かに土屋君の存在がこの世に蘇ったのである。

一方、土屋君の岡本君に対する記憶は、あの悪夢の光景の中に他の者と一緒に溶け込んでおり、くすぶり続けていた。人は皆お互いに忘れてしまうのが常であるが、異常な出来事が彼らの存在を記憶し、幸か不幸か、忘れられないとは皮肉なものである。

店員の咳払いにふと我に返ると、土屋君はカップをテーブルの上に置き、時計を見た。そして、既に空になっているカップの中を気にしながら岡本君の話に耳を傾けた。しかし上の空で聞いていたので「えっ、なんやて、もう一回言って」と彼は申し訳なさそうに岡本君に促した。

岡本君の口からは小学校の同窓会のことが話題に上っており、再度念を押すように、

「今年、二回目の同窓会をするんやけど、出席してな。前回は土屋君の住所が分からなかったから案内状出せなかったけど。

前回は七割ぐらい集まって、久し振りなのと懐かしさで結構盛り上がったんや。それで、次回もやろう、となって幹事を引き受けたんや。みんなオッサンオバサンになってたけど、仕草や癖、言葉遣いはなんにも変わってない、昔のままやった。

青沼なんか同じ髪型で、相変わらず吃っててみんなに笑われてたけど、俺らの中で一番出世したから話題の中心やった。人は見かけによらんな……。他はみんな相変わらず、平々凡々といったところやったな」

「ふーん……。そうなん」

「あっ、それと内田さんが、土屋君どうしてるんやろ、急に転校したみたいやけど元気にやってるんかな、と言ってた」

土屋君は、いきなり冷水を浴びせられたように、岡本君の口に目が点になった。

そして、一瞬にして安堵の念が吹き飛び、あの悪夢がさらに勢いを増して鮮明に蘇ってくる。内田さんはあの事を知っているのだろうか、誰かから聞いているかも知れない、しかし、知っていたら自分のことなど訊きもしないだろう、と疑念が渦巻く。

内田さんは土屋君と同じクラスで、土屋君が当時のことを思い出す時、必ずと言ってよいほど頭に浮かぶ人である。一度彼女の家に行って遊んだ時、彼女は居間にあるピアノの上に置かれた小さなバイオリンを手に取り、そして白いか細い指で奏でた音色が懐かしく、今でも耳に、心に響いている。初めて見たバイオリンの美しいフォルムと光沢、透きとおるような滑らかな音色が今でも忘れられない。

それ故、悪夢の件を彼女が知っているかどうか、というより絶対知られたくない相手が内田さんであった。

土屋君は、意外にも内田さんが自分のことを覚えてくれていたのが嬉しく、彼女の顔とバイオリンを思い浮かべた。そしてそれと同時に、実際のところ彼女は悪夢のことを知っているのだろうか、と不安になり、岡本君の目を探るように恐る恐る、

「へぇー、そうなん。内田さんも元気そうやった？」

「うん、まあ昔と同じやった、相変わらずハキハキして飛び回ってた。まだ独身らしいけど、バリバリ仕事をしてるらしい。なんか、店をやってるらしい」

「へえー、なんの店？」

「よく知らないけど、誰か、喫茶店か居酒屋みたいと言ってたな」

土屋君が当時の内田さんを、カウンターの中で立ち居働く姿に重ねて想像していると岡本君は、

「住所教えて、案内状出すし。今の予定は十月二十四日の日曜日、リバーサイドホテルや、是非参加してな」

「うん、まあ。予定がなければ……」


土屋君は差し出された紙に住所を記した。しかし、その時点では同窓会に出席する気持ちなど毛頭なかったのは言うまでもない。ただ、岡本君が悪夢の一件について全く触れなかったことは、彼を安心させた。

もしかしたら、あれは悪夢で、そのような事実は無かったのかも知れない、或いは、岡本君も内田さんも、誰も見ていなかったのかも知れない、と彼は思った。

2

土屋君は目を覚ました。目が覚めたのは目覚まし時計の大きな音に呼び起こされたのではなく、尿意を催したからで、自分の意志で起きたわけでもない。そして、トイレに行く前に壁に掛かった時計の針が八時を指しているのが目に入り、床に転がっていた箱に躓きそうになりバランスを崩し、壁に体を支えながら、今日は仕事が終わった後に新入社員歓迎会があることを思い出し、用を足し、転がった箱を避けて部屋に戻った。

そしてカーテンを開けると、隣の家の渋黒い屋根瓦の上に一点の雲もない澄んだ初秋の空が目に飛び込んできて、深い藍色が心に沁みた。窓を開けると、残暑の名残に別れを告げるように爽やかな冷気が肌をくすぐり、朝の静かな騒めきが音楽を奏でているようで、微かな草木の匂いを身体全体で、土屋君は深く吸い込んだ。

そして我に返ると、暫く息を止め、良くも悪くもこの三十二年間の記憶をまとめて葬り去るように、大きく、絞り出すように吐いた。

三つ目の今の仕事に就くことになった時、土屋君はこの木造二階建てアパートに引っ越してきた。部屋は二階で二部屋あるが狭くて古い。また、隣と階下の住人の生活音もうるさいほどではないが、ぼぉーっと響いてくる。会社への出勤時間を短縮するのに都合がよいこのアパートは、以前住んでいた町にあるため、小学校からできるだけ離れた場所を選んで決めた。

人が生まれ育った所に戻ろうとするのは、積み重ねられた記憶に知らずしらず懐かしみ、安心感を覚えるからであり、その記憶そのものが、その人の心の風景なのである。そしてその懐かしい風景が身体の五感に溶けるとき、生きている自分の存在の証しとして、心は癒やされる。

時計の針が気になりそれに目を移すと、出社するまで未だ小一時間あるので、土屋君は布団の上に横になり、窓の方に顔を傾けた。部屋の窓は北向きで太陽の光は直接射さず薄暗いが、却って隣の屋根の上に澄んだ秋空は開けている。彼は、無限の彼方の濃い藍色の光に包まれて、漂う自分を、見ている。時計の針が刻む音が微かに耳を打つが、その間隔は気が遠くなるほど、長い。

先程は無かった雲が一つ、窓の左側から右側へゆっくり、それも時間が止まるぐらい緩やかに流れている。

土屋君の瞳にもその雲はゆっくり流れているのだが、特に脳裏に焼き付けられているわけでもなく、その焦点は雲にあるのか深い蒼か、何処にあるのか分からない。彼の左手は頭の下、右手の指先は下着の中にある。

隣家の掃除機の音が止んで、それまで掃除機が音を立てていたことに土屋君は気が付いた。そして、時計の針が目に入ると、少し自己嫌悪に陥り、誰かに見られていたような恥ずかしさを覚えながら出社の用意をした。

会社に着くといつも通り、土屋君は事務机の前に座り昨日までの整理、そして今日からの準備を始める。

前の会社を辞めたのは、新しく入ってきた社員が同じ小学校の出身で、逃げるように引っ越した前の家にも近かったこともあり、できるだけ避けていたのだが、そ

れも隠し通せる筈もなく、また、その新入社員が他の社員とこそこそ話していると
ころを見ると、何か自分のことが話題に上っているような疑いが湧いてきて、居た
堪れず、一身上の都合で辞表を出した。

悪夢の後、転校した小学校ではその記憶から逃げる、振り払う日々で、今から思っても殆ど記憶にない。それは夢の中の出来事、或いは他人事のようで頭の中は真っ白であった。

中学校に上がってからは周囲に知る同級生は誰もいなかったので、人の眼差しを気にせず過ごせるようになった。しかし、心の中では忸怩たる葛藤が続いていて、そう簡単に忘れることができなかったのは言うまでもない。見た目には平穏そうに見えていても、いつなんどきあの悪夢、悪魔が顔を出すかと怯える毎日であった。しかし、微かに記憶に残っている中学生時代を振り返ると、その三年間何事もなく過ごせたことが、特に、遠足や修学旅行で失態を演じることも無かったことが、淡い思い出になっている。それも、写真を繰るような遠足や修学旅行の楽しい思い出というのではなく、びくびくしながらも事なきを得た安堵感が遠い、懐かしい記憶となっている。

あまり気が進まなかった高校進学も劣等感、羞恥心に苛まれる日々であり、何事も長続きはしなかった。自分を変える、悪夢を払拭する、情けない自分を過去に葬り去ろうともがくなか、心機一転運動部に入ったものの続かず、却って劣等感が増すばかりで、振り返ってみれば、悪夢による劣等感、羞恥心との闘い、正に自分との闘いそのものであった。しかし言い換えれば、それはただ、自分から逃げていただけのことであり、敵は背後から忍び寄り、常に土屋君の様子を窺っていた。

青い、淡い、きらめく青春、それは土屋君には無縁な言葉であった。

しかしそれでも一つだけ、心に仕舞ってある大切な、嬉しい思い出がある。

人に馴染めない、いや、同級生に近づこうとしない彼は修学旅行を断った。周りの者や担任教師から何度となく勧められたが、人前に出る恥ずかしさ、失態の恐怖が先に立ち、全くその気にならなかった。寧ろ一人で自宅待機をしているのが何よりも安らいだ。また、親も心配して気に掛けてくれたが、誰にも言えない情けない、惨めな自分の性根を悟られたくなく、強気の言い訳をして誤魔化した。

修学旅行から帰ってきた次の日の教室は旅行の土産話で盛り上がっており、何グループかの輪ができていた。しかし彼は話の輪に入ることもできず、四面楚歌であった。これなら今日も休めば良かった、と思ったのも無理はない。

ところが、彼が話の輪の中にいる同級生を遠くから羨ましく見つめているその時、同級生の女の子から「土屋君も一緒に来れば良かったのに」と言って旅行のお土産を手渡された。なんで僕なんかに？　と彼は信じられなかったが、嬉しい反面恥ずかし気にそれを受け取った。彼にとって、女の子ではなく女性から声を掛けられたのは、これが初めてであった。

彼女の言葉と笑顔、そして受け取るときに少し触れた指の温もりは、今でもはっきりと彼の記憶の抽斗の中に収められている。

「柳原さん、今夜の新入社員歓迎会は何時から、何処で？」
「七時から、三本北の角から三軒目の焼き肉屋さん。六時半には集まってね」
「はい、分かりました。それと、この昨日の請求書、どうなってるんですか」
「ちょっと見せて。これどうなってるのかな、えーと、あぁ、これは斎藤さんが担当したものだし、本人に聞かないと分からないわ」

「斎藤君、もう来てるのかな……。それと歓迎会は何人ぐらいで行くの、カウンター、それとも座敷？」

「社長も入れて全員だけど、行ってみないと分からない。それと、斎藤さんはもう出かけたよ、お客さんのところへ。戻ってくるのは多分、お昼前になると思うわ」

「はあ、そうなんですか」

と土屋君は隣の机に長年居座っている年配の女性事務員、柳原さんに訊いた。

この会社に来てからかれこれ五年になるが、入社当時からこの机の配置は全く変わっていない。背中側は書棚と壁に掛かった時計。目の前は接客用ソファと観葉植物の向こうに引き違いの窓。左側は柳原さんの頭の横に机が一つ、さらに左にカレンダーが貼られた薄汚れた壁に工事工程表のボードがぶら下がっている。そして右手は、冬場には隙間風が厳しい事務所入り口の硝子戸。道路に面した二階の事務所は、向かいの建物の屋根に反射した光が観葉植物の葉に当たり、この時期、それがキラキラと煌き、書類に目を通す土屋君の睫毛をくすぐる。

柳原さんは土屋君の二十五歳ぐらい先輩で子供が二人いる。彼女の長男は土屋君と同い年で、良きにつけ悪しきにつけ、彼女は土屋君と母親目線で接してくれる。

二階の事務所の奥は社長室と会議室、それにキッチンと一枚扉のトイレとなっており、普段の時間帯は斎藤君と合わせて三人である。しかし会社の業務が工務店であることから斎藤君と土屋君は顧客との打ち合わせや請求書を持って行くこと等で席を外すことが多い。一階はガレージと倉庫兼用の簡単な事務所となっており、他に現場監督が三人いるが、殆どが現場に出ており、顔を合わさない日もよくある。よって、今日の歓迎会は久し振りに全員が顔を揃えることになり、会社の仕事も順調であるから大いに盛り上がることだろう、と土屋君は冷めたコーヒーを飲みながら思った。

昼前に戻ってきた斎藤君と昨日の請求書の簡単な打ち合わせ、確認を済ませた後、土屋君は自分の仕事に取り掛かる。柳原さんも女性に似合わず無口な人で黙々と仕事に没頭している。お互いに用事があれば必要な会話を交わすものの、土屋君は時々窓の外に眼をやり、柳原さんが淹れてくれたお茶を啜りながら浅いため息をつく。そしてまた、書類に目を落とし、手を動かしている、斎藤君がトイレに入ったままなかなか出てこないのを、少し気にしながら。

時計の針が退社時刻を指している。
「柳原さん、お客さんの所に見積書と図面を届けてそのまま焼き肉屋へ向かいます。斎藤君、お先」
「遅れないでね」
「お疲れさまです」

階段を下りて外の空気を大きく吸った土屋君は、仕事と時間の束縛から解放された心地よさと、一人になった寂しさが入り交じり、書類と図面を入れたカバンを片手に、反対の手をズボンのポケットに押し込んだ影を追う。逆に朝は、同じ影を引きずる何時もの姿である。季節によって腕の部分は太さが、その影の長さは変わるが、いつもの時間、いつもの通りを行き来して、もう五年になる。

以前に土屋君は、特に長居するつもりはなかったが、大きな会社に勤めたこともあった。

高校を出てからも暫く、劣等感と人の断末魔の呻き声が聞こえてくる二重苦に苛まれる日々が続いていたが、それでも生きている以上は食べなくてはならない、働かなくてはならない。彼は、とにかく働いて貯めて、何にも束縛されない自分の自由な時間を買いたかったのである。

彼は新聞広告で、職種に拘らず家から一番近い、それも工場の裏塀を乗り越えて通える会社を選んだ。通勤は正しく一直線で、寄り道は一切せず、昼食も一人屋上でパンを齧った。

最初に配属された職場は地下で陽が当たらず、印刷の巨大な輪転機が轟音を立て、同僚の声も満足に聞こえなかった。空気は陰湿でインクのシンナーの匂いが充満しており、長い時間そこにいると頭が痛くなってくるような環境であった。

そんな中で一日中働くのか、いや、これから先何年働かなければならないのか、ここで自分は埋没してしまうのか、と思うと不安が過った。

しかし暫くして職場替えになったのだが、工場の作業は分業の流れ作業であり、殆どの人は自分の前後の作業に関心がなく、自分の仕事の工程がなんであるかも理解しようとしない。ただ、与えられた仕事を盲目的に、時間内にこなしていくだけである。

職場が替わって一週間で、土屋君は自分の作業の前工程へフィルムを取りに行き、それを自分の工程で加工し、続いて後工程へ届けに行くことがあった。カラー印刷の工程は写真を赤、青、黄の三原色と黒に分解するフィルムを作り、夫々の色を版に焼き付け、そして一枚の紙を輪転機に四回通して合成するのだが、各々の工程でズレが生じるとボケてシャープな画像にならない。写真を原色に分解したフィルムは機械で作成するからズレが生じないが、次の工程で各フィルムを夫々の版に設置して焼き付けるときは目視で行う。よってこの工程は慎重にしなければならないのだが、如何せん、人間の目分量では糸一本ぐらいのズレは避けられない。言い換えれば、この工程で態々ズレを発生させているようなものであった。

そこで、まるで無駄なことをしていることに気付いた土屋君は、人間の能力では避けられないこのズレを機械的に防ぐ方法を編み出したのだが、前からいる黙々と働く同僚から、出る杭は打たれる、と言われて爪弾きにされた。彼らからすれば、自分らの安定を新米の土屋君が揺るがす、破壊するように映ったのだろう。

土屋君は自分の隣、後ろの席、又は目の前に自分の未来の姿が見えてしまい、一生を縛られてしまうような息苦しさ、不安を感じ、このままでは埋もれてしまう、決まった未来など本来の未来ではない、と居た堪れず退社を決めた。

退社するとき、入社時に面接を受けた上司から「君はここで一生働くと言っていたではないか。どの課でも良い、好きな部署を選択したらよいから残ってはどうか」と引き留められたが、何を言われても、好条件を出されても翻意する気の無かった土屋君は「人を雇うときは僕みたいな怠け者がよい。なぜなら、怠け者は楽をしようとして、無駄なことはしないから」と捨て台詞を吐いて辞めた。

しかし、土屋君に次の仕事の当てがあったわけでもない、ただ、自分の未来を決め付けられるのが息苦しく、手足を縛られ身動きが取れないようで、自分を捨て去るようで、耐えられなかったのである。何も自分がしなくても、隣の人に任せておけばよい、と思ったのである。


今の仕事に不満も不安もない。

この会社は、同僚は誰も年が離れており、仕事の打ち合わせ以外これといった共通の話題もなく、話すことといえば出社と退社の時に交わす挨拶と、極く普通の世間ばなし程度である。一番長い時間を共に過ごす柳原さんも特に嫌いでもない、却って適当に話し掛けてくれるので、事務所の空気もぎくしゃくと白けることもない。自ら口を開くのが苦手な土屋君にとって何に気を使うこともないのが、何よりも有り難い。

岡本君から同窓会の案内状が届いている。出欠を問うているが、テーブルの上に置いたまま一カ月が経つ。その日は特に私用があるわけでもないが、進んで出席する勇気もなく、また、誰かと話をしたい、顔を合わせたいといった気持ちも湧いてこない。当日までに未だ日にちがあるので、今慌てて決めることもない、直前に決めようと土屋君は気になりながらも見過ごしていた。

実際に用事があれば迷う事なく「欠席」と返したところだが、大した用事も無いのに「欠席」と書くこともできなかった。人には嘘を吐けても、自分には嘘を吐けない。誰を騙すわけでもないが、逃げる自分に自己嫌悪が押し寄せてくるのは目に見えている。何れ卑怯な自分に苛立ち、自分に責め立てられるだけである。

二十年も経つと、思い出したくない嫌な記憶を払拭することも自然と身に付くのか、土屋君も穏やかな日々を過ごすことができるようになっていた。悪魔を祓うように悪夢を心の片隅に追いやり封じ込め、別の記憶で埋め尽くす、即ち「思い出さない」、「忘れる」という術を会得した。

しかしそれは「思い出せない」「忘れた」とは全く意味が違う。「忘れた」ことは「思い出せない」のであり、そもそも記憶されていない。また、記憶もされていないものを、どうして探し出すことができるだろうか。「思い出さない」とは、そこに意志が働いており、その労力に疲れるのである。

忘れ物を人に言われるまで気付かないのは、それがそれまで記憶に無かったからで、忘れ物を思い出そうとしても、それは空を掴むようで、歯痒い。

しかし、そんな平穏も、岡本君と偶然出会った時、それまで封じ込められていた悪夢が顔を出し、一気に土屋君の心を占領した。矢張り岡本君は見ていたのか、と不安と羞恥心が入り乱れ、目線は揺れるコーヒーの上にあった。目と目が合えば耐えられず、つい逸らしてしまうのが彼の癖となっていた。彼は岡本君に心の中を見透かされているようで、岡本君の目を正視することができず深いため息を吐き、岡本君の肩の辺りに目を移していた。

しかし幸いにも、話が進んでも土屋君の話題には至らず、その不安も霧が晴れるように心の奥に徐々に後退し、安堵の浅いため息となったのである。

あれから二十年、土屋君の記憶は過去に遡って漸近線を辿るように空白に近づいている。悪夢は日が経つにつれ徐々に縮小しているが、それでも皆無ではない。却って、過去の汚点を「忘れよう」としてきたことが仇になり、記憶は古ければ古いほど希薄になり、当時のことを詳しくは覚えていない。しかし記憶力の低下が今の穏やかな土屋君をもたらしたのであり、あることを覚えようとしてもなかなか頭に入らず直ぐに忘れてしまうのは、怪我の功名とでも言うべきか、忌々しい抽斗は心の底で閉じている。

この日は休日。

爽やかな風が土屋君の手の上にある一葉を煽った。彼の目はこれまで温めてきた文字を、この二十年を振り返るように辿っている。

壁には高校生の時に描いた自慢の絵が掛かっており、それが彼の生きてきた唯一の証しのようでもある。暗い軒下から見上げた空からの光が心に射し込み、眩しい。彼は無意識に描いたのかも知れないが、当時の彼の心境を表しているのだろう。

テーブルの上には数冊の読みかけの本が無造作に置かれているが、暫く手に取った様子も窺えない。その中の一つに「夜と霧」と題する単行本があるが、他の本に比べ際立って古い。彼以外の人が見れば、これが彼の座右の書なのか、と思うだろうが実はそうではない。

この本を手にしてからの彼は、得体の知れない怪物に遭遇し脅かされる毎日で、何をする、或いは考えるにつけあの「阿鼻叫喚」に木っ端微塵に破壊されてしまう恐怖の書なのである。あの二十年前の悪夢といい、この悪夢といい、彼は二重苦に苛まれる日々を送ってきたのである。

しかし、目をそらすことも、逃れることもできない二重苦に押し潰されそうになりながらも、彼はそれらから自分を解放しようと、彼を慰める、或いは導いてくれる「何か」を探し求めた。

そしてその「何か」を求めて、彼は書店にも行くのだが、目の前の棚に並んだその膨大な量の書籍に圧倒され、その一つひとつに夫々の人生があるのだろうと思うと、一生かけてもどれだけの本が読めるのか、その本を読んで貴重な時間を無駄にしないか、或いはその本の横に人生を覆すような本を見落としてはいないか、と思うと購入する気にもならず、落胆し、後ろ髪を引かれる思いで部屋に戻ったこともあった。

部屋には、それ以外に特筆するものもない。土屋君はコーヒーを片手に啜りながら、何度も読み返している。

0'AXEL

ふりかえっても
誰もいない
風に揺れていた
みちばたの花

気が付けば
此処まで来たが
枯れ葉まう
窓のむこうに

透きとおる空
遥か彼方へ
舞い上っていく
翼になって

踏みだそう　あの光に向かって
歩き出そう　あの光に向かって
一緒に歌おう　ザクセル
一緒に歌おう　あなたと

隣の部屋の物音でふと我に返り、彼はギターを弾く指を止めた。そしてトイレに入り、便器に腰かけて口ずさむ。

踏みだそう　あの光に向かって
歩き出そう　あの光に向かって

一緒に歌おう　ザクセル
一緒に歌おう　あなたと

土屋君は同窓会の葉書を手に部屋を出た。まだ夏の名残があったが、白い長袖のカッターシャツに腕を通し、黒のズボンにベルトを締めた。髪の毛は櫛を通すほどの長さでもない。鏡の前に立つような彼ではないが、歩きながら店のウインドーを横目で見たものの直ぐに逸らしてしまう。立ち止まって自分の容姿を確認するのは、ガラスの中の人が此方を向いて、心の中を見透かすように嘲笑っているようで、恥ずかしくて堪えられない。

そして同窓会の葉書を投函した後、彼は前に勤めていた会社の同僚だった高橋さんとの約束の場所に向かった。彼女は彼より五歳年下で髪は長めだが、夏祭りに一度、うしろ髪を上げた浴衣姿を見た時、その下駄の紅い鼻緒が白い素足に映えていたのが、今でも強く印象に残っている。薄い朱色の口紅だけの頬、うなじは透き通るように美しかった。

彼は今、過去に背を向け、影を振り払うようにあの光に向かって歩いている。

3

「やあ、土屋君」

ホテルのロビーに入ると同窓会の案内板が土屋君の目に入った。心持ち緊張しているのが自分でも分かる。チクチクと少し胃が痛いので、先にトイレに行くべきかどうか迷いながら階段を上がっていった。二階のフロアーが開けてくると、上がり切った所で何十人もの視線を一斉に浴びた。そしてその視線の一つ一つが無言で「私は見てましたよ」と彼に迫ってくる。まるで暗闇に潜んだ動物の赤い目に睨まれているようで、彼は一瞬たじろいだ。しかし、ここで怯んでは自分に負けてしまう、と思い自分で自分の背中を押すように意識的に歩を進めた。

彼は、誰の顔を見るでもなく伏し目がちに受付のテーブルの前まで進んだ。組ごとにテーブルは分けられているのだが、何組だったか全く記憶にないので、自分の名前を探していると岡本君が声を掛けてくれたのである。そして、何十人もの視線を背中に感じながらその声の方へ踵を返し、促されるまま記帳し会費を払った。

胸に名札を付ける間も誰かに見られているようで、彼は顔を上げることもできない。緊張からか、安全ピンが上手く掛からない。また、そのぎこちなさを見られていると思うと、余計に緊張感が膨らんでくる。

フロアーでは、小学校の同窓会でもあるから同じ町内の者同士の輪が幾つもでき、話が弾んでいる。彼は何人か見覚えのある同級生と視線が合ったが、無意識にその目は次の輪に当てられている。そして、その輪の中に入る勇気もなく、フロアーの後方に立ち、紺のジャケットを正し、手持ち無沙汰の腕を前に組み、焦点は定まらなかったが、一つ一つの輪に目を遣っている。しかし、視線を逸らして下を向いてばかりいると余計に目立つと思い、彼は意識的に顔を上げ、軽い笑顔を作ってみた。無理やり作った笑顔はさぞ歪んでいるだろうと意識しつつ、彼の目は中空を泳いでいるものの、心の中ではあの日の「ババたれ土屋君」が鮮明に蘇っているのは想像に難くない。

次から次と階段を上がってくる頭を、この後方の位置なら観察する側であるから気楽に視線を固定することができ、彼は眺めるように遠目に目を送った。しかし上がってきた同級生の殆どは夫々の輪に「久し振り」と快活な声を掛け、何の衒いもなく吸い込まれるように溶け込んでいく。輪は少しずつ大きくなり、彼方此方から笑い声が飛び交い、フロアーは虫の大群の羽音の如くざわざわと畝っている。

まるで動かぬ銅像のように孤立し、益々浮いてしまう彼は、じっとして固まっているのが却って人目を引くと思い、組んだ腕を解いて両手をポケットに入れ姿勢を変え、自分に向かって軽く咳払いをした。しかしそれでも、間を持て余し居た堪れず、自分の存在を誇示するとも卑下するともつかない姿勢でトイレに向かった。別に尿意を催したわけでもないが、其処に立ち尽くしていると、同級生の視線の集中砲火を浴びそうで、自分の身体を引きずるように、その場から避難したのである。

そして彼は、フロアーのざわめきを耳にしながら、洗面台の鏡に映る「土屋浩紀」の目をつくづくと覗き込み、深いため息を吐くと、来なければ良かった、このまま帰ろうか、と後悔した。

同級生らは子供を預け、或いは夫々の家庭を置いて今の生活からひと時でも離れ、まるで渡り鳥が羽を休めるように二十年前の昔に里帰りしている。しかし土屋君は、いったい何を期待したのか、彼らの内に懐かしいときの自分の姿を確かめようとしたのか、それとも恥を晒しにきたのか、彼は自問自答した。

トイレに長く居るのも要らぬ憶測を招きかねない、と彼は思い、用も足さずに元の場所に戻った。フロアーは人の波で溢れており、大波が小波を吸収し、小波と中波が合体し大波となっていく。錯綜した畝り声が彼の耳に押し寄せてくるが、何も聞き取れない。

そして、場違いと感じた彼は、そこから押し出されるように、同級生がまだ疎らな宴会場に入っていった。そして八人掛けの丸いテーブルの上に置かれた「土屋浩紀」の名札を見つけると、その前に腰かけた。彼は漸く自分の居場所を見つけたようで、ほっと安心し、隣の席の名札に目を遣った。しかし二十年の月日は、いくら思いを巡らしても名前と顔が一致しないのは致し方がない。

迎える側になった彼は、宴会場に入ってくる同級生の顔を一人ひとり確認した。その内の何人かは別にして、殆どの顔は微かに見覚えがあるものの、名前を思い出そうとしても、忘れたのか、それともそもそも記憶に無いのか、浮かんでこない。

左隣に座った同級生に軽く会釈すると、朧げに当時の記憶が蘇ってくる。彼女はいつも同級生に虐められていたが、その小さな体で気丈にも負けてはいなかった姿が思い出される。特に土屋君がその虐めに加担したわけでもないが、面白がって見ていたのも事実であるから、「お元気ですか」と謝罪の念を込めて声を掛けた。振り返れば、贖罪の意味で気になっていた人かも知れない。彼女が教室で同級生に揶揄われるのを、もし自分が虐められる立場なら耐えられていただろうか、と彼は自分に重ねた。そして、もし彼女の立場だったら絶対に同窓会など出席しないのに、と思いつつ昔のままの彼女の横顔を見て、その心労を察した。

会った瞬間それと分かる、眼鏡を掛けた男の同級生が右隣に着席した。言葉遣い、その仕草は当時のままで、半身になってこのテーブルと隣のテーブルの誰彼なしに気軽に、剽軽に話し掛けている。そして順番が回ってきて土屋君も言葉を掛けられたが、一言で終わってしまった。

眼鏡、髪型、話し振りなど昔の顔と何も変わらないのは、これまで大きな波風も立たず、人間関係にも順調に同級生は過ごしてきたのだろう、と土屋君は想いつつ「まぁ、はぁ……」と三十二年分を一言に凝縮して返した。しかし同級生の眼鏡の奥に昔も今も土屋君が存在していないのは、同級生が土屋君の返事を待たずに隣のテーブルの人と話していることからも明らかである。また他にも横を通るついでに何人か声を掛けられたが、「お互い記憶にない」と言わんばかりに土屋君は軽い会釈だけで済ませた。

隣の彼女は夕食のメニューに見入っており、他の同席者は夫々隣席の人に近況報告をしている。二十年振りなので盛り上がっているが、その話の内容の殆どが自慢の子供、自身の幸せ度に関するもので、夫々の彼氏彼女は登場しない。逆に、夫々の彼氏彼女の同窓会も同じようなものだろう、まして自分など何処にもいない、と土屋君は思った。

土屋君は会場を見渡し、内田さんの顔を捜している。

全員が入場し同窓会の幹事長が舞台に立つと、それまでの騒がしさが水を引くように一変し、一瞬緊張感とも静粛さとも言えぬ、なんとも言えぬ空気が漂う。宴会の始まりを告げるセレモニーは幹事長の挨拶からである。十数テーブルの視線が一点に収束するその先で秀才の青沼君が髪の毛に手櫛を入れながら、もどかし気に口

を開いた。しーんとした場内に咳払いだけが響くのを合図に、

「えー、僭越ながら、私《わたくし》青沼が……」

「あのー、本日はお忙しいところ、誠に……」

「えー、この度は第二回目の同窓会を……」

「そのー、乾杯の前に、えーっと、去年他界された亀山峻彦君のご冥福を祈って……」

と、青沼君は亀山君の遺影を両手にかざし、横にある椅子に立てかけた。

一瞬場内がどよめき、隣同士の者がお互いに顔を見合わせると、彼方此方で低い静かな言葉が囁かれている。その顔には「亀山君て誰」と驚きの目で次の説明を待っているのが窺える。また、亀山君を知っている者は得意げにこそこそと簡単な説明をしているのが聞こえてくる。

「……、えー、それでは、一分間の黙禱を捧げます」

「黙禱、…………………」

実は、土屋君も亀山君が誰だか知らない。黙禱の間、二十年前に想いを馳せたが、

ここに出席している人の何人かは顔を出すのだが、亀山君の姿は影も形もなく登場しない。それよりも、この僅か一分の間に、同級生らの記憶の抽斗に亀山君の元気な笑い顔が浮かび上がって輝き、まるで線香花火のように薄れていき、そして永遠に、限り無く消滅していくのが悲しい。生まれてきた以上死ぬのは当たり前のことで、極く自然な運命で誰にでも訪れる。そしてそれは土屋君にとっても避けられず、明日は我が身となる。しかし、唯、死ぬことが悲しいのではなく、忘れ去られてしまうことが儚く、寂しい。正にこの一分間の黙禱は、亀山君が同級生の心に一瞬花を咲かせたのだが、それが又逆に、短か過ぎて、却ってあまりにも悲しい。

「それでは……、皆様のご健勝、御多幸を祈願して……、乾杯！」

「かんぱーい！」

「えー、本日の出席者及び同級生の方の名簿を各テーブル毎にご用意しておりますので、えー、時間の許す限り、えー、小学校時代に戻って……、ゆっくり、ご歓談をお願いします。楽しんでください」

と青沼君は締めた。

再び賑やかな話し声が場内に戻り、各テーブル毎に共通の話題が徐々に盛り上がっていく。そして酒が入って寛いでくると、ビール瓶とコップを持った見覚えのある同級生が一斉に動き出した。注いで回るその先では、屈託のない同級生を中心に大きな歓声がひと際あがり、人気者は昔と少しも変わらないのだな、と土屋君は羨ましく思った。

左どなりの虐められっ子の彼女は誰と話をするでもなく、黙々と箸を運んでいる。右どなりの眼鏡君は他のテーブルを回っており、もちろん席に戻る気配もない。虐められっ子さんの隣に土屋君、土屋君の横は空席で、このテーブルだけが白けた、浮いた雰囲気になってしまって、居心地が悪い。

それでも何人かはお愛想程度に寄っては来てくれるものの、土屋君は話し掛けられる度に会釈と一言二言を返すが、自ら席を立って挨拶に行くこともない。彼に進んで語るほどの楽しい思い出など無く、また、この二十年間の苦い思いを誰にも知られたくなかった。

誰もあの悪夢のことを知らないのだろうか、或いは、知っているが口を噤んでいるだけなのか、それともあれは夢の中の出来事だったのか、と彼は堂々巡りに陥り、空白の日々が、夜が明けるように徐々に鮮明になり彼の心を蝕み、自尊心を傷付ける。今、彼の手には箸があるが、心はあの日の光景を眺めている。そして時折、思い出したように酒を口に運んでいる。

宴も一時間半ぐらいが経過している。

岡本君の声にふと我に返ると、土屋君は振り返って見上げた。

「土屋君、この後二次会があるんだけど来ない？　内田さんの店で二時間ぐらい、大体三十人ぐらいになるけど、良かったらどうや」と岡本君はメモ帳を片手に出欠を促し、

「そうやな、どうしようかな、何時から？　場所は何処？」と土屋君は、一刻も早くこの場から逃げてしまいたい心境だったが、内田さんの店と聞いて躊躇いながら返した。そして土屋君が「内田さんの店か、どうしようか」と迷っている丁度その時、他のテーブルから岡本君に声が掛かり、岡本君はその声の主の方を見ると「決めといてや」と言って土屋君に背中を向け急いだ。

宴会場の話し声や食器のカチカチあたる音が土屋君の耳に戻ってくると、彼は夢から覚めるように、いや、悪夢を振り払うように一つひとつのテーブルに目を遣った。テーブルの周りでは今を忘れて少年少女時代に戻った笑顔、笑い声が溢れている。それはまるで湯気が立ち昇り、会場全体に春の靄がかかったようで、二十数年前の記憶が蘇ってくる。彼の瞳に映る、羞恥心と傷ついた自尊心の泥沼から見えてくるその光景は、昔と何ら変わらない同級生らの頭に混じって、笑顔を湛え遊び興じている土屋君そのものの姿であり、楽しい、懐かしい記憶が彼を誘う。

土屋君がその当時を懐かしむように宴会場を見渡していると、彼の視野に昔のままの内田さんの顔が入った。

彼女の席は彼とは反対の入り口に近い一番離れたテーブルで、その声までは聞き取ることができない。同級生と立ち話をしている彼女の横顔は少しふっくらしているが昔の面影が残っており、とても三十二歳には見えない。いつも輪の中心で少し頭を擡げ快活に話す姿は、二十年前と何ら変わりなく、彼女の視線は常に話し相手の目から離れず、何事に付け気真面目さが伝わってくる。

二十数年前、彼女の家で遊んだとき、何を話したか全く記憶に無いが、その可憐な眼差し、細長い腕、白い指がピアノの上に置かれた小さなバイオリンと重なり、今、鮮明に蘇ってくる。そしてそれは、バイオリンの麗しい音色と共に彼の懐かしい抽斗の一つとなっている。

トイレに席を立つと土屋君の足は宴会場の入り口に向かった。大勢の視線を感じ晒し者にされているような自分の姿がそこにあるが、内田さんの横を通る時、彼女と目が合い軽く会釈をした。しかし、内田さんの目が彼に留まり、彼女が彼を思い出す目に変わる前に、彼の目は逸れている。

その僅かな時間にも、彼女が先に目を移しはしないか、あの失態を思い出しはしないかと恐れ、その視線に耐え切れず、立ち止まることはなかった。そして彼は伏し目がちに重い足をトイレへ運びながら、あの事を内田さんは知っているのだろうか、と彼女の清々しい目の奥に彼の心は想いを馳せた。

トイレから戻ってくると、そこに内田さんの姿はもう無かった。

閉会の挨拶を岡本君が執り行っている。

「えーと、本日はお忙しい中、誠にありがとうございました。この同窓会も次は、三回目は、三年後に行いたいと思います。また、名簿にある住所の分からない人も多々おられますので、知っておられる方は是非とも幹事までお知らせ下さい。えー、それと、今から内田さんの店で二次会を催しますので、多数、是非とも参加して下さるよう、お願いします。

それでは、本日は本当に有難う御座いました。また、次にお会いするのを心より楽しみにしております。有難う御座いました！」

岡本君は相変わらず、多分に酒も手伝っているのだろうが、終始活発で、また、機嫌よさそうである。人前でも平気で「おなら」をする岡本君の姿は、おそらく誰の記憶にもない。仮にあったとしても、それは無邪気で剽軽な部分だけの岡本君であり、土屋君はそんな岡本君の物怖じしない言動を羨ましく思いながら、拍手を送った。

また、土屋君がこの同窓会でただ一人会話らしい言葉を交わした隣の虐められっ子さんも満足した様子で手を叩いている。彼女の小学校での風貌は小柄で浅黒く、髪はバサバサであった。また、決して顔立ちが整っていたわけでもなく、虐めにも立ち向かう男勝りの言動が却って周りの者から揶揄される標的となっていた。しかし、何も彼女の容姿に問題があったわけではない、誰かを虐めなければ収まらない意地悪な子供の前にたまたま彼女がいただけのことであり、理不尽な偶然の事故のようなものであった。もし彼女がいなかったら、他の子が犠牲になっていたことだろう。

彼女が隣の席に座った時、その容姿、雰囲気は二十年前と同じで、変わったところと言えば、年齢を重ねたことと少し太って髪を後ろに纏めていること、そして薄い口紅がよく似合っているぐらいである。土屋君は、彼女も自分と同じような苦労をしてきたのだろうと自分にだぶらせた。

二十年前の面影を残す彼女に、ある部分で親近感を持った彼は失礼とは思いつつ、気になって、思い切って訊ねた。

「その後お元気でしたか、もう結婚はしてるの」

「はい、男の子が一人います」

「へえー、それは、おめでとう」

土屋君にとっては意外な返事であった。あの虐められっ子さんが、まさかと思ったが、彼女のほほ笑みは母親そのものの顔で、面と向かって彼を見据える目には余裕すら感じられる。少々のことに動じない、気丈な虐められっ子さんがそこにいる。彼はその柔和であるが強い眼差しに圧されて、自分の弱さに恥じ入った。

しかし、もし転校していなければ、陰湿な虐めに耐えられただろうか、それでも今日の彼女のように堂々と参加できただろうか、或いは物故者として報告されていたかも知れない、と彼は自分に当てはめて彼女の横顔を見ている。

閉会の名残を惜しむ同級生らの雑談、挨拶を聞きながら、土屋君は今一度会場を見渡した。そして、テーブルの上に置かれた名簿に目を落とすと、一人ひとりの名前と消息を辿った。名簿には、

「氏名」

「旧姓（旧名）」

「住所」

「不明」

「ご逝去」

と書かれており、女子の殆どは姓が変わって住み慣れた地元から遠く離れた住所になっている。男子の半分ぐらいはその住所から地元に落ち着いているのが窺えるが、残りの半分は仕事の都合なのか全国に散らばっている。また、住所が書かれていない同級生は「不明」又は「ご逝去」と書かれており、彼らへの記憶が二十年前に遡り止まって、いずれ消えていくのが悲しい。もし土屋君も岡本君と偶然にも出会わなかったら、声を掛けられなかったら、この名簿と同じように「不明」者となっており、此処にいる他の誰かが土屋君と同じような想いで二十年前の記憶を辿るだろうが、しかし直ぐに、永遠に忘れてしまうのだろう、と彼は思った。

今日の同窓会に参加した同級生の数は名簿の半分に満たない。「不明者」の中には他界した人もいるだろうから残りの半分ほどの同級生は色々な事情があって来られなかったのだろう。遠く離れた人は別にして、夫々思い悩んで苦しい人生を歩んでいるのだろうか、離婚、解雇、独り身、病気、子供を亡くした人、自殺、と欠席の人を順番に指でなぞりながら、土屋君は彼らの人生に想いを巡らした。

そして、もう一度宴会場に目を移すと、しかし今ここにいる人達は夫々それなりに人生に満足し自信があるのだろう、仕事、子供、夫、妻、趣味、彼女彼氏、みんな幸せそうである、と土屋君は一人ひとりの顔を目で追った。

次回の同窓会はどのような顔触れになるのだろう、事情が好転する人、逆に暗転した人、何も変わらない人、「不明」或いは「ご逝去」者として名簿に載るのか、確かに、今の夫々の人の顔はそれなりに満足と自信に溢れている。しかし、彼は考えた、果たして、三年後の自分はどうなっているのだろう、と。

この華やいだひと時までの彼らの三十二年の歩みを土屋君は知ろうはずがない。それと同じく、彼らもまた、土屋君のことなど眼中にない。というより、誰にも夫々の人生があり必死に生きている。今は、記憶の片隅に引っ込んでいたものが蘇っているが、明日になればその人夫々の現実が待っているのであり、今日の一時の記憶もいずれ日常に紛れ、忘れ去られるのだろう。

三年後の次回同窓会に参加できる人達は幸せである、と彼は場内の笑い声に聞き入っている。

土屋君は夢の中にいるような、現実生活の苦楽、喜怒哀楽から遊離した彼らの上気した顔を眺めながら、余韻に浸っている。誰も彼の悪夢の事を覚えている者はいない、それと同時に彼の存在も同級生の記憶の中にはない。彼の胸中には安堵と寂しさが入り交じり、波のように寄せては引く。

そしてまた、遠い過去からの微風が、「おーい、浩紀」と誰かが土屋君の名を呼ぶ声が微かに流れ込み、心の中に響く。

「お元気で、では、また」

と虐められっ子さんに声を掛け、土屋君は会場を後にした。

「おーい、岡本君、僕も一緒に行く」

4

ガラガラガラと暖簾の後ろの引き戸に続いて三和土の内側の引き戸が開く音がすると、

「いらっしゃい」

と大将の愛想のよい大きな声が弾んだ。

引き戸の閉まる音、入り口の方に顔を向けて、

「やあ、……？」

と土屋君は入ってきた着物姿の女性に軽く手を上げたものの、人違いと思って、恐縮するように手を引っ込め軽く頭を下げた。そしてその女性が檜のカウンターの何処の席に着くのか気にしながら持っていた雑誌に目を落とした。「すいませーん、遅くなりました、お待ちになりました？」

一瞬、彼は、誰に声をかけているのだろう、もう一人の他の客なのか、と下を向

いたままだったが、聞き覚えのある声に振り向くと、その声の主はその着物姿の女性、高橋さんであった。彼はまさか、と自分の目を疑ったが、紛れもない、高橋さんに違いない。

「いや、僕も今来たところで……」

しかし、彼には次の言葉が出ない。彼は、洋服にはない着物の清楚で艶めかしい彼女の立ち姿に魅入られてしまった。高橋さんは彼の左横に座ったが、箪笥から出したての着物の匂い、キュッキュッと鳴るその衣擦れの音、物静かな着物の淡さが彼の心に流れ込み調和する。

その高橋さんは、五年前より少し伸びた後ろ髪が上品に紅かんざしに留められている。胸元から伸びる純白な襦袢が撫ぜ肩と重なるうなじに、細く垂れたほつれ髪が唯一乱れて妖しい。襟を整える柔らかなか細い腕の白さが眩しい。掃いたような淡い紫の着物には縞模様が波打っている。そして、絢爛な帯には金色の帯締めがきりっと結われている。正に、絵画から抜け出してきたようで、その淡い朱色の口紅の横顔が美しい。

「先日は有難うございました、急に用事が入ってしまい……」と高橋さんは着物言葉で言う。
「あっ、いやっ、別に……」と土屋君はうわの空で、その魅入られた眼差しは彼女の清楚な艶姿に釘付けになっている。

………………

高橋さんは以前に土屋君が勤めていたデザイン事務所の後輩に当たる。所員は五、六名おり当初は事務職として入社したが、慣れていく内に興味もあってデザインの仕事も手伝うようになった。
土屋君は黙々と働くタイプで近寄りがたく、彼女が分からない事があっても訊くに訊けない雰囲気が漂っていた。体裁を構わない地味な成りはデザインを手掛ける他の所員からも浮いており、恐るおそる訊くことがあっても、単純明快、そのぶっきら棒の口からは要件以外の言葉はなく、会話に発展しなかった。かと言って、目と目が合うことも無いが邪険に扱うでもなく、懇切丁寧な説明には優しい心遣いが伝わってきた。

高橋さんは、そんな無粋な土屋君を、謎の人物のように不思議に思っていたが、それと同時に、何か心に惹かれるものがあった。

そしてある日、新入社員が入ってきたのと入れ替わりに、何の前触れもなく、彼は突然姿を消してしまったのである。

街で偶然、買い物帰りの高橋さんは、考え事をしているように歩く土屋君を見かけた。向こうから歩いて来る姿が目の前に達したとき、立ち止まって「土屋さんでは？」と声を掛けたのである。短いような長いような、あれから五年の月日が経っていたが、彼の風貌は何等変わっていなかった。しかし以前と違うのは、歩く姿に少し顔が上がったぐらいだが、又そうであるからこそ彼女も目敏く気付いた。

「お久しぶりです、お元気そうですね……。気になってたんですよ、突然居なくなられたので」

「えっ？」

と土屋君はさらに顔を上げ、高橋さんの目を見据えた。そして、向かい合った二人は、お互いに相手の目を見るのではなく、自分の瞳の奥にある記憶の抽斗を手繰り寄せていた。彼女は、土屋君がデザイン事務所を辞めたのは、まるで昨日のことのようにそれほどの時間を要しなかったが、彼は、高橋さんの薄い口紅だけの浴衣姿が心に甦ったのは、少し間を置いてからであった。

「気になってたんですよ」

土屋君の目は潤んでいる。

彼はこの三十二年の間に、生まれて初めて自分の存在を実感した。砂漠の真ん中で一粒の砂が見出される、或いは無限の宇宙に彷徨う名も無い小さな星が発見されるように、誰かが見ていてくれたのである。世間に埋没し永遠に忘れ去られていたはずの自分が、彼女の心、記憶の奥に生きていたのである。彼は心の底から滲み出る感謝の気持ちを、

「ありがとう」

と心の中で言って、彼女に潤んだ視線を返した。

「気になってたんですよ」、この一言が土屋君の鬱屈とした、悲しい人生を変えるきっかけになろうとは、彼の緩んだ涙腺が如実に物語っている。

しかし、彼はそれを、人生を変えるきっかけを彼女に求めたのではない。彼自身が、自らの手で自分を解放しようとしたのである。心のわだかまり、重い暗い霧が退いて、一条の光が射し込んでくるのが、実感できる。

恐らく、高橋さんも土屋君の目に微かな涙を見て取ったに違いない。しかし五年前の彼と違う、何か心の奥に秘めたものを感じ取った彼女は、彼の瞳の奥をもっと知りたくなり、益々好意を持った。


「あぁ、高橋さんも元気そうで。で、何故こんな時間に、此処で何をしてるんですか」

「あっ、ええー、買い物に来たんです」

「えっ、事務所は？　まだあの会社に勤めてるのでは？」

「いえ、去年に辞めました」

「じゃ、今は？」

「今は実家に居るんですが、次の仕事を探しているところです」

「へぇー、そうだったんですか。事務所の他の連中も辞めずにまだ居るのかな？」

「えぇ、多分。土屋さんが退社される前に入ってきた何とか君、名前は忘れましたが、あの人はあれから直ぐに辞めました」

「何かあったの？　やる気はあったようだけど」

「いやぁ、喧しくて、どうでも良いことを、何でもべらべら喋るもんですから、みんなに嫌われていました」

「へえー、そうやったん……、どんなことをぺらぺら喋ってたの？」

と彼は五年前の「何とか君」が気になり、少し思いを巡らした。「何とか君」は土屋君が事務所を辞める原因となった新入社員で、もし「何とか君」が入ってこなければ、今でもその会社に勤めていただろうと思いながら、

「その何とか君はどんなことをぺらぺら喋ってたの？　僕のこと何か言ってた？」

「いやぁ……、別になんにも……、くだらない、どうでも良いことばっかりです」

土屋君は時計を見た。そして辺りを見まわすと、少し間を置いて、自分を奮い立たすように思い切って言った。その時土屋君は、これまで人と話すときは自分の思いを多く述べず、常に聞き役に回っていたのを、自ら話し掛ける今までにない自分を意識していた。そして、言おうかどうか緊張感が先に立つと、口が勝手に動き、その発せられた言葉を彼自身の耳が聞くことになった。

おいおいちょっと待てよ「浩紀君」、と思った時は既に遅かった。

「ちょっと、お茶でも飲まない？　時間ない？」

「いやぁ、今何時かな……、ご一緒したいけど、お稽古に間に合うかなー……」

「何時から？」

「六時からですけど……」

「うーん、六時か、其処まで何分かかるの？」

「歩いて二十分ぐらいかなー」

「うーんそうか、十五分ぐらいしかないなー」

二人は時計を見ながら考えあぐねている、所どころ店の灯りが徐々にその明るさを増す、店から漂ってくる微かな匂いが二人を包む、夜気も少しずつ重たくなっていく、すれ違う手をつないだ若い男女の笑い声が心に響く。

土屋君の口が開いた。

「時間もないし、どうせなら、ゆっくり話したいし、別の日にしようか」

まるで別人が言っている。彼は「浩紀君」の言葉にうなずくように聞き入りながら、目にはあの浴衣姿の微笑む彼女が映っている。

「ええ、そうしましょう、その方がゆっくりしますし。私も助かります、お稽古に」

「じゃあ、次の日曜日は？」

「えーっと、多分大丈夫です」

「それじゃあ、三時頃、此処で待ち合わせということで、どう？」

「はい、楽しみにしています」

「では、また」

「はい、お疲れさまです。お気をつけて」

「ありがとう」

土屋君は変わりつつある。いや、変わろうとしている自分を褒めてやった。そして別れた後の帰り道、彼は「浩紀君」が口ずさむのを心地よく聞いた。

踏みだそう　あの光に向かって
歩き出そう　あの光に向かって

一緒に歌おう　ザクセル
一緒に歌おう　あなたと

数日後、二人は待ち合わせの場所に会したものの、高橋さんに急用が入って、近くの喫茶店に入ることになった。しかし席に着いて向き合う様子は初対面のお見合いそのもので、お互い相手の言葉を待った。雑音に満たされた店内に、二人の間にだけ沈黙が漂い、カチャカチャとコーヒーカップが皿に当たる音だけが響く。
無口で人見知りのきつい、はにかみ屋の土屋君であるが、それでも一つ咳払いをすると、口を開いた。

しかし、時間が限られていたこともあり多くを話すこともできず、話の殆どは前に勤めていたデザイン事務所に共通する話題で、土屋君は夏祭りの高橋さんの浴衣姿の印象を語り、高橋さんは彼のデザインの仕事について訊ねた。唯、時間に余裕が無いのは承知の上だったので、お互い突っ込んだ話にはならなかった。

そして別れ際に、次回の約束をした。今日の喫茶店では時間が無く、上辺だけの会話に終わり物足りなかったが、その分余計に次の食事に期待を膨らましたのは、お互いの目に表れていた。

「では、六時に割烹屋で」

「はい、ありがとうございます、お気をつけて」

………………

「お飲み物、なんにします？」

大将の低い声で、絵画の世界にどっぷり浸かっていた土屋君は、ふと我に返った。

着物姿の若い女性が土屋君の横に座ったのを不思議に思った大将は、出して良いものかどうか遠慮がちに「お知り合いで」と言っておしぼりとお品書をカウンター越しに差し出した。そして繁々と彼女と彼を見比べながら、彼が着物姿の女性を連れて来るとは意外、想像だにできないという顔付きをしている。

この店は土屋君が仕事帰りに時々立ち寄る割烹屋で、殆ど一人で来る。檜のL字型のカウンターは十四席で、両端には常に一輪挿しの生け花が添えられており季節を感じる。今日は前回と代わって一輪挿しの小さな菊が光彩を放っている。店押し付けの音楽もなく、忙しい時は大将と向かい合うこともない端の席が落ち着く。土屋君も常連客の一人になったのだが、他の客とは入る時と帰り際に軽く頭を下げる程度で、気を置かず一緒に飲んだり話したりすることもない。暇な時は、大将が目の前で愛想を振る舞うのでそれに応じて受け答えはするものの、たわいない会話でも飢えているのか、それとも煩わしいのか、他に客が居ないときは居心地が悪くなり、早めに帰ることもある。

「あっ、えーと、先ずは、ビールをお願いします」そして横を向いて、

「高橋さんはなんにする、お酒は飲めるの？」

とお品書を持つ白い腕と横顔を見た。

「何にしようかな、じゃあ、取り敢えず私もビールにします」

土屋君はほっとした。もし彼女が下戸なら間が持てない、会話も弾まない、それより何よりも苦手な話し手に回らなければならないと思ったからである。彼女が言った「取り敢えず」は正に「渡りに船」であった。

「へぇー、お酒いけそうやね、ワインでも日本酒でも、好きなのを飲んだらどう？」

「いえいえ、そんな、強くはないんですけど、先ずは土屋さんと同じビールにします、はい」

と乙女の恥じらいが彼女の頬に微かに浮かぶ。

「へぇー」、彼はこの接頭語を発しないと次の言葉が出ない、というより、会話の合図となる。この短い言葉の間に相手の意図を汲み取り、的を射た言葉を返そうとするものだから長ぃ。

「へぇー、先ずは、取り敢えず、ということは相当いけそうやね……」

「いえいえ、そんなに……」

「この店は仕事帰りによく立ち寄るんだけど、ネタが新鮮なんや。僕も本当は日本酒が好きなんやけど、一人でちびちびやってる。此処、この一番奥の端の席、他のお客さんが来ても喋らなくてもいいし、結構落ち着くんや」

「そうなんですか、私も友達と飲む時はちょっとだけ日本酒を嗜みますが、殆どは薄めの酎ハイですけど」

と返して、彼女は大将と店内を見回しながら、そこに一人で酒を呑む土屋君の人生の一端を垣間見、デザイン事務所を辞めた後の彼の姿を追っている。そしてカウンター越しに一杯目のビールを注ぐ大将の顔を見ながら、大将の目に映る土屋君の人生に想いを馳せた。

「じゃあ、改めて、久し振り」と言って二人はグラスを合わせた。

「はいっ、お待ち」

と、土屋君が注文した料理を大将が出したのをつまみながら、二人の会話は前回の続き、お互いが勤めていたデザイン事務所に関する話題から順を追うように始まった。

土屋君は時々高橋さんの横顔に目を遣り、彼女は気遣って態々着物を着てくれたのだろう、と感謝の気持ちでいっぱいであった。ただでさえ女性に縁がないのに、事もあろうに着物とは、彼を知る大将や客に対して、見られる気恥ずかしい気持ちと、誇らし気に返す視線が交錯している。

そして会話に行き詰まると、

「えーっと、何か他に好きな物でも注文したら？　刺身なんかどう」

「ええ、ありがとうございます」

「次は焼酎にする？　それとも日本酒？」

「はい、私は酎ハイでお願いします」

「じゃぁ、大将、酎ハイと日本酒、燗で」

「あいよ！」

土屋君は普段より多い日本酒の後押しで饒舌になっている。そして高橋さんも聞き上戸になり、何時の間にかその白い腕の先に純白の猪口があり、口紅との色合いが絵に描いたようで、また、殆ど見分けられない白粉の下がほんのり染まって肯く仕草が、美しい。

時折入ってくる常連客に彼は軽く会釈を送るが、暫くの間驚きの視線が跳ね返ってくるのを、彼は心地良く感じている。

また、たまに会話が中断すると、一息吐くように猪口に唇を当てがい、取り留めのない言葉を大将に投げ掛けた。一方、興味深々の大将は待ってましたとばかり、彼に応じた。今までの下向き加減の彼とは似ても似つかない、上目遣いの顔を、彼は大将の目の中に見ている。

このようなカウンターの店は助かる。話に行き詰まれば話題を転じる便利な役者が、必要な時だけ首を突っ込んでくれる。そこが、彼にとっては気楽なのだろう、落ち着くのである。

「大将、もう一本」

「あいよ、しかし今日はえらい進んでますね、もう三本目ですよ、大丈夫ですか」

「いやあ、高橋さんも飲んでるから、それほどでも」

「同じ銘柄でよろしいですか」

「そうやね、ちょっと待って。高橋さんはどう?」

「あ、はい。土屋さんに任せます、私は」

「それじゃ、其処の右の黒いやつお願いします」

土屋君はデザイン事務所を退社した後の事を順次話し出し、高橋さんは興味深げに耳を傾け、相槌を打った。

退社後半年間はアルバイトをしていた、その後、色々思う事があり家に引っ込んでいた、今の会社は新聞広告の求人で入った、仕事は事務だが設計もしている、最近、歌を作っている。

など、彼は澱みなく話した。また、これほどまで語る彼の姿を今まで見たことのない大将の目には、酒の量からも異常に映った。それは土屋君自身も自覚していたが、日頃、多くを語らないのは、上辺だけの会話が噛み合わず、話せば話すほど疲れるだけだったからである。

しかし今は、彼女が真剣な眼差しで話の腰も折らずに聞き入ってくれるので、酒の勢いもあったが、止まらなかった。

「ちょっと失礼します、お手洗いに」

と言って、高橋さんは入り口の三和土の横にあるトイレに席を外した。

時計に目を遣ると、もうかれこれ一時間半ほどが過ぎていた。一人になると、少し飲み過ぎたこともあり倦怠感が押し寄せ、土屋君は大きなため息を吐いた。疲れからか、喋り過ぎによる自己嫌悪か、それとも、本当の自分の姿を隠して嘘を吐くのを誰かに非難されているようで、目はやや下向き加減になり、本来の彼に戻りかけている。

従前から、いくら語っても自分の思い、考えがなかなか相手に伝わらず空回りし、胸の内を開き過ぎた自分に腹が立ち、突っ込んだ、深い話は避けてきた。そのような相手の人は顔を此方に向けているものの、全く聞く耳を持たず話の腰を折るのが常であった。しかし、真摯な眼差しを送って聞き入ってくれる彼女には、まだまだ話したいことが山ほど残っている。

彼女が戻るのが意外に遅いので、化粧直しでもしているのか、それとも飲み過ぎて気分が悪いのか、と思いつつ彼はトイレの方に目を遣り、そして空いた猪口に酒を注いだ。

土屋君は二十年前の悪夢に遡って記憶を辿りながら、猪口を傾けている。

逃げるも同然な転校、同級生の目を気にする中学生時代、これといった記憶がない高校生活、生きるために働いた会社、そして生きるための退社、「夜と霧」に悩まされた蟹居の一年、高橋さんと知り合ったデザイン事務所、「何とか君」の入社と彼の退社、自分を見つめ直すためのアルバイト、そして今の会社……。

それから、岡本君との偶然の出会い、同窓会の案内状、高橋さんとの思いがけない再会、前回の彼女との喫茶店、同窓会、内田さんの店での二次会、そして今日……。

彼はまるで他人事のように振り返り、今こうして着物姿の彼女と一緒に会っているのは自分ではない他の誰かで、自分が此処に座っているのが嘘のようで、信じられない。もし転校していなければ虐めに耐えられただろうか、苦しい、辛い二十年の日々とどちらが楽だったのだろう。しかし、生きてきたからこそ、今日がある。大きく息を吸った彼は、変わりたい、いや、自分を変えなければならない、と悪夢を記憶の彼方に葬り去ろうと闘って、一口ぐいっと飲み干した。


…そして喉を通った酒は、体中に沁みわたり、彼の鬱屈を洗い落とし、小さな炎が芽生えた。

「隣のお嬢さん誰、土屋さんの彼女？」

という声に我に返った土屋君は、その声の方に振り向いた。そして此方を凝視している常連の女性に「えっ、まあ……」とにこやかに肯いた。そして聞き耳を立てていた大将が信じられないといったような顔付きで常連と目配せしているのを見て、これまでの辛さ、苦労が一気に吹っ飛んだような気分になり、心地よい酔いに身を任せた。

高橋さんが戻ってくるのと入れ替わりに土屋君もトイレに立とうとしたが、

「すいません、お待たせしました。少し飲み過ぎたようで……」

彼女の一言に、飲み過ぎて嘔吐したのか、それともお腹をこわしたのか、と一瞬思った彼は、そのまま我慢して、猪口を口にしてしまった。

高橋さんは席に着くと襟を整え、鏡を覗いた後ふっと一息吐くと、水を注文した。そして土屋君が猪口を傾けると会話は再開された。

「土屋さんは今、何の仕事をされてるんですか？」

「あぁ、小さな工務店にいるんだけど、事務で入ったけど、デザインやってたので、簡単な設計もやってる」

「設計って、建物ですか？」

「そう、資格は無いけど、プランと外観、結構やり甲斐があって面白い。有名な建築家でも資格の無い人多いんや、まあ、資格が有ったところで設計もデザインもできるもんでもないしね」

「そう言えばそうですね、私が絵を描くのに資格なんか必要ありませんね。絵の具と筆があればよいわけで、なるほど……、良い作品を作ればいいだけのことですね」

「その通り、音楽にしろ絵画にしろ、昔の芸術家に資格云々言う人は誰もいない。それより、そんなもん初めからない、必要なのはセンス。資格だけで飯は食えないしね」

「ほんとうに、そうですね」

「まあ、人に馬鹿にされても馬鹿になるわけでもないし、また逆に、褒められても賢くなるわけでもないし、自分は自分、変わるわけでもないし、人の言うことなど気にする必要ないしね」

「見かけなんか、どうでもよいと……」

「そう、画家のゴッホなんか凄い、こんなに有名になったのをゴッホは知らないんやから、死んだ後やからな。名誉もお金も関係なく、自分の世界を描き続けたんやからな」

「えっ、そうだったんですか」

「そう、それに引き替えお金儲けのためにやってる芸術家は大したことないな……ちょっと見習わんなあかん。地位も名誉も後から付いてくるもんやしな……」


と、土屋君は得意気に持論を展開し、酒が進む。そして箸と猪口を交互に口に運びながら、今手掛けている設計とデザインの説明をした。一方、前のデザイン事務所での彼の仕事に興味を持っていた高橋さんは、両手に持ったコップの水を啜りながら、もし土屋さんがデザイン事務所を辞めていなければ、私もまだ勤めていたかも知れない、と思った。そして、急に気が付いたように、訊いた。

「それはそうと、前の会社、何で急に辞められたのですか、突然居なくなられて、周りの者も不思議がってました。やり掛けの仕事もあったようで、所長も残念がってました。そこで続けられてたら良かったのに……そしたら私も……」

「あっ、いや……。急に……、そのー、新入社員が入ってきたので、もう必要ないかと思って。それと、僕にも他にやりたい事があって……」

「その新入社員の何とか君とトラブルでもあったのですか、まあ、嫌みな人でしたけど」

「いや、別に……、特には……」

「まあ、その何とか君はベラベラと有ること無いこと、人の悪口ばかり言うもんですから、みんなに敬遠されていましたけど」

「えっ、そうなん、僕のことについて何か悪口言ってた？　その何とか君は」

「いえ、特に、何も……」

「ふーん、………………」

「そう言えば、確か、土屋さんと実家が近くだったとか……」

辞表を出したことを不意に訊かれ、土屋君の心に「何とか君」がグサリと突き刺さる。彼の気分は天国から地獄へと一気に暗転し、そしてその動揺は隠せない。また、退社の理由が支離滅裂で言い訳にもなってない。

しかし、本当の理由など言える筈もなく、嘘を吐く、隠し事のある自分が、真摯に対応してくれる高橋さんに対して申し訳ない。さらりとその場限りの嘘を並べ、適当にあしらっても誰も傷付けることはない。また、その言い訳が大した嘘でもなく言い逃れをしただけなのに、彼は追い込まれ、いや、自分で自分を追い込んでいくのである。

「なんか、小学校のとき、教室でお漏らしをした同級生がいて、それも『大』を、と人を馬鹿にしたようなことを言ってました。そんなこと、大なり小なり誰にでもあるのに、まあ、心の冷たい、嫌なタイプの人でした」

「……………………」

「あんな人が虐めをするんでしょうね、きっと……」

窮地に立った土屋君は下腹にキリッと痛みを感じた。そして、我慢せずにさっさとトイレに行っておけば良かったものを、と後悔している。悪い予感が徐々に首を擡げてくる。

土屋君は脂汗を掻いている。そして、悪夢が見え隠れするのを振り払うように酒を飲み干すと、その場から逃げるように話を逸らした。しかし、悪酔いと焦り、腹痛が相乗し混乱する。彼は自分が何を言おうとしているのか収拾が付かない、勝手に言葉が口を突いて出る。

「高橋さんもデザインに興味が有ったみたいだから、そっちの方の仕事を探しては？」

「いやぁ、私なんかそんな才能ありませんし、それに、母の体調が悪いので、地域が限られるのです」

「へえー、そうなの。どの辺に住んでるの？」

「池田小学校の近く、西側です」

「池田小学校って……、何処の？」

「ほら、有名な池田神社の隣にある……」

「えっ、その小学校に通ってたの？」
「ええ、御存じなんですか？」
「いや……その……ちょっと、昔の知り合いがいて、特別仲が良かったわけでもないんだけど……。この前、偶然出会って、同窓会に誘われて……」

土屋君はどんどん底なしの泥沼にのめり込んでいく。ここでも、馬鹿正直に答えず話題を変えればよいものを、意思より先に口が滑る。しかも、腹痛はその厳しさをさらに増し、我慢の限界に近づいている。

ちょっとトイレに、と彼女のように何故言えないのか、岡本君のように人前で「おなら」が何故できないのか、彼にもよく分からない。唯、あられもない姿を見られたくない、想像されたくない、と羞恥心が先に表にでる。そして、あの悪夢に囚われてしまうのが、土屋君なのである。

「えっ、その人、もしかしたら岡本さん？　この前会った時、同窓会に行ったと言ってました」
「会ったって、なんで？……」

「従妹なんです、お母さんが兄妹で。この前法事が有って、久し振りに話したんです」

「……………………」

「えぇー、そうだったんですか……」

「お、岡本君は僕のこと、なんか言ってた？……」

「えぇ、岡本さんも土屋さんと同じような事を言ってました。突然転校した土屋さんと偶然出会って、同窓会と二次会に行ってきた、妹さんも元気そうで、学校の先生をしておられると聞きました。私も妹さんよく覚えています」

「…………」

「確かお家は、学校の裏手の方、お地蔵さんの近くでしたよね、神社の横の」

「……………」

「妹さんと一度、遊んだことがあります、神社で」

「……………」

「……あっ、思い出しました、あの土屋さんなんですね……、そうだったんですか
……」

正しく、地獄以外の何ものでもない、彼は奈落の底に落ちていく。

あの悪夢が腹の底に押し寄せてきた。土屋君は我慢して下腹に力を込めて押し戻そうとするが、無情にも、嘲笑うかのようにその悪魔が少し顔を出したのが分かる。今、二十年前の少年が此処にいる。空白が、他人事が、夢であるはずが鮮明に、紛れも無い事実として重なる。彼の顔色は真っ青になり、その目は焦点が合わず、高橋さんの顔も見ることができない。

「どうかされたのですか？」

言葉も出ない土屋君は、情けなさ、恥ずかしさ、惨めさに打ちのめされながら覚悟した。そして辛うじて、

「ちょっと失礼」

と言い残して逃げるようにトイレに向かった。

しかし何故、たった一言「ちょっとトイレに」と彼は言えないのか、そう言えば誰でも察しがつくのであり、そしてまた、あまりにも当たり前すぎて、誰も気にも留めないのであるが。

しかし、土屋君の過剰な羞恥心、自尊心と劣等感がそれを邪魔する。

十分が経った。

大将は高橋さんと常連客に「土屋さん、大丈夫かな、今日はちょっと飲み過ぎたようやな」と呟くように言った。しかし誰も、それ以上のことは思わない、まして、トイレの中の事など想像もしない。高橋さんは水を啜りながら、土屋君が持って来たデザインの雑誌に没頭している。一方、常連客の女性は、焼魚を箸でつつきながら大将と軽口を叩いている。

土屋君の頭の中は真っ白になり、二十年前の光景に完全に重なり意気消沈している。幸いにも半ズボンではなく厚手の長ズボンであったため前回ほどのことも無かったが、それでも明らかにそれと分かるシミが憔悴しきった目に焼き付けられている。彼は汚れた下着を脱ぎ捨て、茫然と立ち尽くし、自分の背負ってしまった運命を呪って、

何故なんだ！

と心の中で叫んだ。

高橋さんには絶対知られたくない、「あの土屋さんなんですね」と思われたくない、二十年前のようにこのまま消えてしまおうか、いや、今ここで逃げても、この二十年の苦しみを繰り返すだけで、それに耐えられるだろうか、永遠に忘れ去られてしまうのか、いや、戻りたくない、あの光に向かって踏み出したい……。心の中では羞恥心と情けなさ、人としての誇りと希望が錯綜し、身動きが取れない、葛藤する自分を土屋君は意識し、焦っている。目には、過酷なこの二十年を生きてきた辛さか、それとも自分の不甲斐なさか、どちらともつかない、自分に同情する、労るような涙が滲んでいる。

そして無情にも、時間は、追い打ちを掛けるようにどんどん過ぎていく。

浩紀、どうしよう
高橋さんは、あの事を知っているのだろうか

トイレの前に立った土屋君は、引き戸の外に闇黒の辛い過去を振り返り、続いて、

内側からこぼれる温かい灯りを見た。そして彼は浩紀に背中を押されるように、導かれるように、羞恥心を引きずりながら引き戸に手を掛けた。

彼は、古い記憶の抽斗を心の奥に封じ込め、そして背を向け、今、正にこの抽斗に手を掛けたのである。自尊心と劣等感、裏返しとも言える葛藤に歪んだ右と左の目を前に見据え、思った。いや、意識しながら、考えた。

そして、過去の記憶の抽斗に別れを告げ、自分に言い聞かせるように、

そう、僕が、その土屋浩紀なんです

ガラガラガラと引き戸が開き、少し間を置いて、ガラガラガラ、トン、と引き戸が閉まる音が響いた。

了

Takeshi Azuma Tsuji

1952年生まれ
工務店、設計室経営
音楽Bar経営

ババたれ土屋君

2024年 7 月23日　初版第 1 刷発行

著　　者　Takeshi Azuma Tsuji
発 行 者　中 田 典 昭
発 行 所　東京図書出版
発行発売　株式会社 リフレ出版
〒112-0001　東京都文京区白山 5-4-1-2F
電話 (03)6772-7906　FAX 0120-41-8080
印　　刷　株式会社 ブレイン

ISBN978-4-86641-788-2 C0093
Printed in Japan 2024